BIBLIOTHÈQUE THÉATRALE
Auteurs contemporains.

APRÈS L'ORAGE

VIENT LE BEAU TEMPS

VAUDEVILLE-PROVERBE EN 1 ACTE

Par M. FERNAND DE LYSLE

I0551150

Prix : 60 cent.

PARIS
D. GIRAUD, LIBRAIRE-ÉDITEUR
7, RUE VIVIENNE, AU PREMIER, 7

1853

BIBLIOTHÈQUE THÉATRALÉ

— Auteurs contemporains —

Nouvelle collection publiée dans le format in-18 anglais

PIÈCES EN VENTE

APRÈS L'ORAGE

VIENT LE BEAU TEMPS

VAUDEVILLE - PROVERBE EN UN ACTE

PAR

M. FERNAND DE LYSLE.

Représenté pour la première fois à Paris, le 15 février 1853, sur le Théâtre des Folies-Dramatiques.

PARIS

D. GIRAUD, LIBRAIRE-ÉDITEUR

7, RUE VIVIENNE, AU PREMIER, 7

—

1853

PERSONNAGES.

ACTEURS :

LE COMTE DE SURVILLE (29 ans.)	M. LERICHE.
LA BARONNE D'ÉRICOURT (24 ans.)	Melle DUPLESSIS.
FRANCINE (soubrette.)	Melle ROUSSEL.

Imprimerie de GUSTAVE GRATIOT, 30, rue Mazarine.

APRÈS L'ORAGE

VIENT LE BEAU TEMPS

VAUDEVILLE-PROVERBE EN UN ACTE.

(Le théâtre représente un petit salon ; porte au fond, porte latérale en face ; une cheminée au premier plan, une fenêtre de chaque côté ; un guéridon ; une causeuse ; des livres sur la causeuse, du papier, une plume et des crayons sur le guéridon.)

SCÈNE PREMIÈRE.

LA BARONNE, *seule.*

Encore quelques coups de crayon et ce portrait sera terminé. En vérité, ce pauvre Maurice ne se doute guère de son bonheur... C'est qu'il a une tête fort expressive ce garçon-là ! et je ne conseillerais pas à une autre femme de jouer avec lui le rôle de protectrice. Voilà des yeux qui parleraient bientôt en maîtres. (*Se retournant vers la fenêtre.*) Mon voisin n'a pas encore paru... invisible comme un bon génie ! l'original ! pas une seule visite depuis un mois qu'il habite là au bout du parc. (*Elle se lève.*) Ah ! celui-là non plus ne se doute pas de son bonheur ! mais il faut avouer qu'il y met de la mauvaise volonté.

SCÈNE II.

FRANCINE, *surprenant sa maîtresse en observation à la fenêtre.*

Décidément elle y tient.

LA BARONNE, se retournant.

Que faites-vous là, Francine ?

FRANCINE.

Je regardais le pavillon d'en face, comme madame.

LA BARONNE, à part.

L'impertinente !

FRANCINE.

Et je me disais comme ça : Madame cherche à se distraire ; c'est bien naturel, quand on est veuve à vingt-quatre ans. (*A part.*) Et c'est peine perdue quand on a affaire à des voisins qui n'y voient pas clair.

LA BARONNE.

Vous êtes une sotte ! Je regardais l'orage qui menace... et j'allais vous dire de fermer toutes les persiennes.

FRANCINE.

Le voisin n'aura pas besoin de fermer les siennes.

LA BARONNE.

Encore le voisin ! Laissez donc en paix ce monsieur qui ne s'occupe pas de vous.

FRANCINE, à part.

C'est justement ce que je pensais en entrant. (*Haut.*) Voici une carte pour madame.

LA BARONNE.

Une carte ? de qui ?

FRANCINE.

De votre voisin, madame.

LA BARONNE.

Mon voisin. (*Lisant.*) Le comte de Surville. (*A elle-même.*) Quel est ce nom ?

FRANCINE, de même.

Le sien, sans doute.

LA BARONNE, à elle-même.

D'où lui vient-il ?

FRANCINE, de même.

De son père, apparemment. — A moins qu'il n'ait fait comme madame.

LA BARONNE, avec dépit.

Une carte ! quand nous ne sommes séparés que par un mur mitoyen. Une carte ! quelle sotte invention ! C'est absolument comme si l'on disait : Je suis enchanté, madame, de me dispenser de vous voir.

FRANCINE, avec dédain,

Oh ! il fait les choses comme à Paris, ce monsieur. Et s'il ressemble à son domestique, je ne m'étonne pas qu'il craigne de se montrer au soleil.

Air : DE MADAME FAVART.

C'est un gros laid, sans grâce et sans tournure,
Qui se dandine affreusement...

Et qui se fait, j'en suis bien sûre,
Un mérite d'être insolent !
Il me suppose et coquette et légère,
Il me l'a dit tout franchement ;
Et la vérité , pour me plaire
N'est pas mise assez décemment.

LA BARONNE.

Vous avez causé avec cet homme ?

FRANCINE.

Je m'en serais bien gardée ! Seulement j'ai questionné — pour passer le temps. (Moi, je questionne toujours.) Et en deux mots il m'a fermé la bouche : « Je n'aime ni les curieuses ni les coquettes , je suis comme mon capitaine, » m'a-t-il répondu d'un ton bourru. — Il y a des gens qui n'entendent rien à engager une conversation.

LA BARONNE, froidement.

Et il a bien fait ! Pourquoi le questionniez-vous ?

FRANCINE.

Mais, pour savoir.

LA BARONNE.

Laissez-moi, je vous sonnerai.

FRANCINE, en sortant.

Il a bien fait de ne pas me répondre !... Pourquoi alors me demander ce qu'il m'a dit ? Je crois que madame aimerait mieux qu'il eût moins bien fait. (*Elle sort.*)

SCÈNE III.

LA BARONNE, *seule*.

Voilà un mince événement qui m'a mise tout hors de moi. Ou je me trompe fort, ou cette carte m'apporte sous un nom supposé le bonheur ou le malheur de ma vie. (*Relisant la carte.*) Le comte de Surville. C'est écrit en toutes lettres !... C'est-à-dire un voisin qui cherche une distraction... Un étranger qui trouve commode de dépouiller l'amant d'autrefois et de s'aventurer à nouveaux frais.

Pendant mon mariage, il y avait un Raoul d'Aubervillers qui m'aimait et me le jurait cent fois le jour. Je le vois encore à mes genoux, me disant : « Marie, je vous aime. »

Aujourd'hui le comte de Surville a renié Raoul, et comme il est

homme du monde, il jette le fâcheux amour au fond de l'oubli, dis-
crètement, sans éclat. Oh! la mémoire du cœur, elle n'embarrasse
guère ceux qui ne veulent déjà plus de la mémoire des yeux.

Il ne m'a pas reconnue aù dernier bal du préfet... Pas reconnue. Je
suis donc bien changée depuis cinq ans?... (*Se regardant dans la glace.*)
Il me semble que non! Et pourtant, malgré sa longue absence et son
nom supposé, je l'ai reconnu, moi!...

Voyons, n'y pensons plus!... lisons... Les livres sont, dit-on, nos
meilleurs amis. (*Elle lit.*) Dieu! quel style décousu!... Je n'y comprends rien!... J'aime mieux en revenir à mes crayons. (*Elle jette le
livre et prend son album.*) A la bonne heure! voilà un passe-temps
agréable!... (*Elle bâille, regardant le portrait.*) Ah! Maurice, je suis bien
sûre que malgré ton air triste tu es plus heureux que... Bien!... voilà
mon crayon cassé! Ah! vraiment aujourd'hui je ne suis bonne à
rien!... (*Se levant et allant s'asseoir sur la causeuse.*) Je m'ennuie de
tout.

SCÈNE IV.

LA BARONNE, FRANCINE.

LA BARONNE, impatientée.
Eh bien! encore vous!... J'ai dit que je sonnerais.

FRANCINE.
Dame! ce n'est pas ma faute. C'est monsieur le comte de Surville...

LA BARONNE, l'interrompant.
Qui m'envoie une carte?

FRANCINE.
Qui vient lui-même demander si madame la baronne d'Éricourt
peut le recevoir.

LA BARONNE.
D'Éricourt? Il n'a pas dit de Langeais?

FRANCINE.
Madame n'est connue dans le pays que sous le nom de ses terres.

LA BARONNE, à elle-même.
D'Éricourt!.. nom que j'ai pris à la place du mien pour me faire
oublier de ce monde qui me fatiguait... Mais lui... il devrait bien
savoir que je suis veuve du baron de Langeais... Décidément il ne
m'a pas reconnue.

FRANCINE, à part.

Madame est agitée ce matin ; elle a le cœur à l'orage comme le ciel !... (*A la baronne.*) Je vais faire entrer.

LA BARONNE.

Non ! (*A part.*) Pourtant... il ne me reconnaît pas. La situation est belle pour moi... Vous serez fort heureux, monsieur de Surville , si je me contente de m'égayer à vos dépens.

FRANCINE.

Alors, je vais dire que madame ne reçoit pas.

LA BARONNE.

Si... Faites entrer M. le comte dans ce salon, priez-le d'attendre, et venez m'enlever ce négligé du matin.

Air : DE ROBIN DES BOIS :

Oui, contre lui je suis fort en colère !
Je le déteste !... et pour longtemps !
Mais on a beau ne pas vouloir leur plaire,
On n'aime pas à faire peur aux gens.

FRANCINE.

Oui, madame est fort en colère,
Je crains que ce soit pour longtemps.
Mais on a beau ne pas vouloir leur plaire,
On n'aime pas à faire peur aux gens.

FRANCINE, à la cantonade.

Dites à M. le comte qu'il peut entrer.

SCÈNE V.

LE COMTE, FRANCINE.

LE COMTE.

Votre maîtresse n'est donc pas ici ?

FRANCINE.

Pardon, monsieur le comte, madame la baronne d'Éricourt...

LE COMTE, à part.

D'Éricourt ! on y tient.

FRANCINE.

Prie monsieur le comte de vouloir bien l'attendre un instant. (*Elle entre chez la baronne.*)

SCÈNE VI.

LE COMTE, *seul*

La baronne d'Ericourt !... Dans quel but a-t-elle changé de nom ?
Y a-t-il là-dessous un drame ou un scandale ? Madame de Langeais
n'était qu'une coquette, madame d'Éricourt serait-elle une lionne ou
un bas-bleu ?— Je perdrais au change. Du reste, soyez sans inquiétude,
madame la baronne, je ne trahirai pas votre incognito, je pousserai
même la discrétion jusqu'à ne pas vous reconnaître.

Enfin !.... malgré mon serment me voici chez elle... J'ai résisté
longtemps et j'avais tort !... On rencontre sur sa route une femme
jeune et belle, on en devient amoureux fou, c'est naturel... Elle vous
trompe, c'est... eh bien, oui, c'est encore assez naturel ! Est-ce donc une
raison pour lui jurer une haine à mort ? Ma foi, j'ai tenu parole tout
juste assez longtemps pour n'avoir plus qu'une pensée : la voir et lui
dire comme autrefois... (*S'arrêtant.*)

Diable ! c'est là le difficile. — Autrefois est peut-être pour elle de
l'histoire déjà bien ancienne ! Les voyages ont tellement bruni mon
teint, vieilli mon visage !... Qui sait si en m'écoutant elle ne regardera
que l'âge de mon cœur !... Pourquoi l'ai-je rencontrée à ce bal plus
jolie, plus séduisante que jamais , — mais coquette comme toujours !
Ah ! sa vue m'a fait rêver au plus beau temps de ma jeunesse !... Allons , allons , pas d'illusion... (*Regardant partout.*) Quel luxe, que de
choses inutiles ! Tout cela sent bien la femme frivole, pas un livre...
Ah ! pardon !... (*Prenant le volume.*) Qu'est-ce que cela? Un roman nouveau, ouvrage très-utile pour *déformer* l'esprit et le cœur. Et cette bro-
chure ? *La Sylphide*, journal des modes. Enfin je passe condamnation.

Air : DE TÉNIERS :

La mode est à femme jolie,
Ce qu'est le soleil à la fleur :
Par le soleil la fleur est embellie,
La mode au charme séducteur
A la beauté donne plus de valeur.
Abstenons-nous d'un jugement sévère
Sur un sexe rempli d'appas,
Car souvent nous ne valons pas
Tous les soins qu'il prend pour nous plaire.

Je crois que madame la baronne a complétement oublié qu'elle est attendue... après tout, tant mieux... Cette visite est absurde. En amour le temps perdu compte double, et si l'on s'arrête aux premières pages, c'est là que le roman finit.

Seul avec elle, je ne serais pas maître de mes sentiments. Partons, la fuite est quelquefois du courage. (*En faisant une fausse sortie.*) Je vais donner un prétexte. (*Il aperçoit l'album ouvert sur la table.*) Un portrait d'homme ! La tête est belle, quoiqu'un peu efféminée ! (*Retournant la feuille.*) Encore ! c'est quelque soupirant que madame la baronne aura fait poser pour se distraire ! (*Tournant encore.*) Le même, toujours le même. (*Rejetant l'album avec humeur.*) Voilà un monsieur fort heureux !

Pardine, j'étais un grand sot de quitter honteusement la place sans faire valoir mes droits... Oh ! je reste à présent et j'attends de pied-ferme. Je suis venu pour remettre à la baronne une lettre... Voilà le but que je cherchais à ma visite.

De toutes façons je suis bien aise de faire voir à une coquette comment un honnête homme se guérit de l'avoir aimée. Mais silence, c'est elle.

(*La baronne paraît à la porte de droite.*)

SCÈNE VII.

LE COMTE, LA BARONNE.

LE COMTE, saluant la baronne.

C'est bien madame la baronne d'Éricourt que j'ai l'honneur de saluer ?

LA BARONNE, saluant.

Elle-même. (*Interrogeant.*) M. le comte de Surville ?

LE COMTE.

Oui, madame.

LA BARONNE, à part.

C'est bien lui, toujours sérieux, distingué.

LE COMTE, à part.

Elle est charmante ! soyons indifférent comme un étranger.

LA BARONNE, à part.

C'est qu'il ne me reconnaît pas ; que va-t-il me dire ?

1.

LE COMTE, haut.

Me pardonnerez-vous, madame, d'avoir avancé l'heure de ma visite ?

LA BARONNE.

C'est moi, monsieur, qui suis désolée de vous avoir fait attendre.

LE COMTE.

Je sais attendre, madame.

LA BARONNE.

C'est un mérite qui devient rare.

LE COMTE.

D'ailleurs la solitude me plaît beaucoup.

LA BARONNE.

Je m'en suis aperçue.

LE COMTE.

Est-ce un reproche ?

LA BARONNE.

Comment donc !... Entre voisins, on agit sans façons ; et puis... à la campagne.

LE COMTE.

Je craignais d'être indiscret.

LA BARONNE.

Comment, indiscret ?

LE COMTE.

Vous devez être assiégée de visites, si tous vos admirateurs du bal de la préfecture ont sollicité le bonheur de vous revoir.

LA BARONNE.

Vous étiez à ce bal, monsieur ? c'est singulier, je ne vous y ai pas vu... (A part.) Si je disais la vérité, je lui donnerais trop d'amour-propre.

LE COMTE.

Étranger dans ce pays, je n'aurais pas eu le bonheur d'attirer votre attention. Une jolie femme n'a pas de regards pour tout le monde.

LA BARONNE.

J'ai eu l'honneur d'être remarquée par M. le comte ?

LE COMTE, avec indifférence.

Je n'étais pas à ce bal, madame. (A part.) Si je répondais oui, je lui donnerais trop de coquetterie.

LA BARONNE, à part.

Il veut jouer l'homme grave, il dissimule.

LE COMTE.

Un de mes amis était là, et c'est lui qui m'a rapporté le bruit de votre triomphe.

LA BARONNE.

Il y a des amis complaisants et qui, — comme les échos, — répètent tout ce qu'on veut.

LE COMTE.

Aussi, permettez-moi d'être surpris que vous ayez renoncé si vite aux fêtes dont vous étiez la reine !... Vous seriez-vous convertie tout à coup à la solitude?

LA BARONNE.

Mon étonnement n'est pas moins vif que le vôtre. Un homme qui a parcouru les mers, venir sombrer dans un lieu presque sauvage!

LE COMTE.

Comment savez-vous que j'ai voyagé?

LA BARONNE, à part.

J'ai failli me trahir! (Haut.) Ce n'est pas répondre à ma question... Du reste, comme vous, je l'ai entendu dire.

LE COMTE.

Puisque vous l'exigez, je vous dirai, madame, que je m'enterre par vanité. Je ne suis pas précisément un être civilisé, je suis un marin et je m'entends peu aux finesses de la galanterie; les compliments me semblent des fadeurs, les petits soins de la niaiserie... Vous voyez bien alors que vous n'avez rien perdu ; car je suis peu fait pour la société des femmes du monde.

LA BARONNE, se contenant.

A quel miracle dois-je donc la visite de M. le comte? (Elle lui indique un fauteuil et s'assied.)

LE COMTE, tirant une lettre de sa poche.

Le miracle est arrivé par la poste; une lettre sous pli que l'on m'adresse avec ordre de la remettre moi-même à vous-même.

LA BARONNE, prenant la lettre.

Ce doit être quelque chose de très-précieux ! Merci, monsieur, et pardon pour la peine que je vous ai involontairement donnée.

LE COMTE.

Un parc à traverser...

LA BARONNE.

J'ai dû croire que c'était une fatigue !... Vous permettez ? (Ouvrant la lettre.) De Delphine !... Vous connaissez madame Delphine d'Auberive.

LE COMTE.

Oui, madame.

LA BARONNE.

Savez-vous, monsieur, que mon amie est très-heureuse d'avoir trouvé grâce à vos yeux!

LE COMTE.

Je ne comprends pas, madame?

LA BARONNE.

C'est une femme, et vous, un être à peine civilisé — comme vous disiez tout à l'heure — vous allez chez elle sans avoir de lettre à porter.

LE COMTE.

J'ai des relations avec son mari... pour affaires — c'est mon banquier... Et puis, votre amie est une de ces femmes qu'on apprécie tout d'abord, et sur le compte desquelles on ne varie pas : elle est spirituelle sans méchanceté; gracieuse sans coquetterie; enfin, une exception.

LA BARONNE, avec dépit.

Unique, peut-être.

LE COMTE.

Peut-être.

LA BARONNE, de même.

M. le comte est moins flatteur.

LE COMTE.

Sachez-m'en gré, madame; la flatterie est l'appât dont un fat se sert pour amorcer une coquette.

LA BARONNE, piquée.

Et vous voulez sans doute me prouver, monsieur, que vous n'êtes pas un fat?

LE COMTE, respectueusement.

Je désire seulement vous prouver, madame, que je ne voudrais pas vous prendre pour une coquette.

LA BARONNE, avec dépit, se levant.

C'est par trop de bonté!... et je suis vraiment désolée, monsieur le comte, de vous avoir retenu si longtemps.

LE COMTE, se levant, à part.

Elle n'a pas changé!

LA BARONNE, à part.

Dieu! que cette école de marine est une affreuse école. (*Avec une révérence cérémonieuse.*) Monsieur le comte...,

LE COMTE, de même.

Madame la baronne... (*Il se dirige vers la porte, tandis que la baronne va s'asseoir sur la causeuse.*)

LA BARONNE, avec un soupir de satisfaction.

Enfin !

LE COMTE, qui s'est arrêté à la porte du fond.

Quel dommage !

LA BARONNE, avec dépit.

Quand je songe que j'ai désiré la visite de cet homme !... Qu'il ne se représente plus ici, je ne le recevrais pas.

LE COMTE, à part.

Je me tiens pour averti. Alors, je reste.

LA BARONNE.

N'y pensons plus !... Il faut pourtant que je lise la lettre de Delphine. (*La parcourant.*) Elle n'a qu'un but en m'écrivant : me mettre en rapport avec le comte de Surville, qu'elle affectionne beaucoup. (*Avec ironie.*) Elle place bien ses sympathies !... un loup de mer.

LE COMTE, à part.

Merci.

LA BARONNE, continuant.

Elle m'engage à le recevoir... Dieu m'en garde ! J'espère bien en être débarrassée pour toujours.

LE COMTE, à part.

Pas encore tout à fait.

LA BARONNE, se retourne pour aller vers le guéridon et aperçoit le comte.

Vous encore ici, monsieur, que faites-vous là ?

LE COMTE.

Je suis resté, madame, pour vous épargner l'ennui de me recevoir une seconde fois.

LA BARONNE.

Je ne comprends pas, monsieur.

LE COMTE.

Il m'est ordonné par votre amie, ainsi que vous avez dû le voir, de me charger de la réponse que vous devez faire à sa lettre.

LA BARONNE.

J'aurai l'honneur de vous l'envoyer demain.

LE COMTE.

Permettez, madame, cette réponse, je dois la faire partir ce soir. D'ailleurs c'est une consigne et je tiens à l'exécuter.

LA BARONNE.

Alors il faut que j'écrive devant vous, séance tenante ?

LE COMTE.

Je ne vois que ce moyen, puisque je ne dois plus revenir.

LA BARONNE, se mettant au guéridon.

Vous l'exigez ? (*Elle écrit.*)

(*Le comte s'approche de la fenêtre. Moment de silence.*)

LA BARONNE, écrivant.

Vous pouvez causer, cela ne me troublera pas.

LE COMTE, à part.

Une tête de grand homme ! (*Haut, soulevant le rideau de la fenêtre.*) Quel vent ! comme la poussière tourbillonne !... Il va faire un orage épouvantable !... Mais... après l'orage...

LA BARONNE, le regardant et l'interrompant.

Vient le beau temps !... (*A part.*) Conversation intéressante. — (*Haut et finement.*) Vous êtes marin, monsieur de Surville ?

LE COMTE.

C'est pour jeter un peu de variété dans la conversation, car vous devez être lasse d'entendre toujours des compliments.

LA BARONNE, souriant.

Ceci ressemble terriblement à une flatterie ! Voulez-vous que nous parlions d'autre chose ?

LE COMTE.

Volontiers. (*Se rapprochant d'elle.*) J'ai une question sur les lèvres.

LA BARONNE.

Vous êtes curieux, c'est une nouveauté.

LE COMTE.

Jeune comme vous l'êtes...

LA BARONNE.

Qui vous demande mon âge ?

LE COMTE.

Bonne !

LA BARONNE.

Par hasard.

LE COMTE.

Jolie !

LA BARONNE.

Est-ce un portrait, monsieur ?

LE COMTE, avec intention.

En faites-vous d'aussi ressemblants, madame ?

LA BARONNE.

Et vous voulez savoir ?

LE COMTE.

Pourquoi si bien faite pour le monde et pour les plaisirs, vous vous tenez à l'écart dans la double prison de la solitude et du veuvage ?

LA BARONNE.

C'est mon seul secret, monsieur; devinez-en la moitié, je vous dirai le reste.

LE COMTE, à part.

Un secret à moustaches avec l'air mélancolique !... Je le connais trop bien. (*Haut.*) Tenez, madame, je vais être franc.

LA BARONNE, l'interrompant.

Prenez garde, vous allez mentir !

LE COMTE.

Je voudrais qu'un peu plus de confiance de votre part, d'estime ou de sympathie, comme il vous plaira, m'autorisât à vous faire ma cour.

LA BARONNE, riant, avec surprise.

Vous !... Ah ! certainement, non !... (*Sérieuse.*) Vous m'empêchez d'écrire, monsieur.

LE COMTE.

Pardon, madame. (*A lui-même.*) Au fait, on ne demande pas une telle permission, on la prend.

LA BARONNE, à part.

La situation est bizarre ! (*Haut.*) Me faire la cour ! avec votre caractère...

LE COMTE, l'interrompant.

Si détestable ! vous pouvez dire le mot.

LA BARONNE.

Je le pensais.

LE COMTE.

Il faut dire ce qu'on pense. Mais pourquoi désespérez-vous de moi ?

Air : MADEMOISELLE DESGARCINS.

Souvent l'amour a fait plus d'un miracle.
Si vous vouliez m'aimer bien tendrement,
Sans devenir un phénix, un oracle,
Je deviendrais plus doux et plus galant.

LA BARONNE.

J'ai peu de foi dans la métamorphose.

LE COMTE.

Essayez-en.

LA BARONNE.
Mais je vous aimerais...

LE COMTE.
Sans doute ! Eh bien ! voulez-vous ?

LA BARONNE.

Non, je n'ose,
J'aurais trop peur d'en être pour mes frais !

LE COMTE.
Que faut-il pour vous convaincre ?

LA BARONNE.
Le temps de vous éprouver.

LE COMTE.
Je vous prête vingt-quatre heures.

LA BARONNE.
C'est peu !

LE COMTE.
C'est un siècle ! Je n'ai jamais pu me contraindre cinq minutes.

LA BARONNE.
Alors, le traité est accepté.

LE COMTE.
Et pendant ce temps, vous me permettrez d'être souvent près de vous.

LA BARONNE, avec un soupir comique.
Il le faut bien !

LE COMTE.
Il me semble, madame, que vous n'écrivez plus ?

LA BARONNE.
Le moyen ! Tant que vous serez là !... Vous parlez sans cesse. Je prendrai un moment dans la journée. (*Elle prend sa tapisserie.*)

LE COMTE.
Est-ce que la solitude vous plaît ?

LA BARONNE.
Quelquefois... pour me délasser.

LE COMTE.
Le monde vous aurait-il déjà fatiguée ?

LA BARONNE.
Il est si ridicule quand on se donne la peine de le prendre au sérieux.

LE COMTE.

C'est vrai ; mais il est bien gracieux quand on lui plaît, — et vous avez dû lui plaire beaucoup.

LA BARONNE.

Qui peut en être sûr ! Les hommes pensent si peu ce qu'ils disent.

LE COMTE.

Les femmes sont si coquettes !

LA BARONNE.

Ils oublient si vite leurs serments.

LE COMTE.

Elles jouent si facilement avec notre bonheur !…

LA BARONNE.

Est-ce que nous allons recommencer ?

LE COMTE.

Non, vous avez raison ! (*Prenant l'album.*) C'est vous qui avez dessiné ce portrait ?

LA BARONNE.

Oui.

LE COMTE.

De souvenir, sans doute ?

LA BARONNE.

Non.

LE COMTE, sérieux.

Ah ! l'original a posé ?

LA BARONNE.

Oui.

LE COMTE.

Longtemps, et souvent ?

LA BARONNE.

L'un et l'autre.

LE COMTE, se contenant.

Il paraît que ce portrait était difficile à réussir, car vous l'avez recommencé à chaque page.

LA BARONNE.

Très-difficile ! Il y avait dans les yeux une expression qu'il m'a été impossible de rendre.

LE COMTE, à part.

C'est un amant. (*Haut.*) Ces yeux-là renfermaient donc bien des choses ?

LA BARONNE.

Tout un poëme.

LE COMTE, s'animant par degrés.

Ce jeune homme vous aime, sans doute ?

LA BARONNE, simplement.

Beaucoup, je l'espère.

LE COMTE.

Et vous en convenez ?

LA BARONNE.

Pourquoi non ?

LE COMTE.

C'est qu'un jeune homme qui a dans les yeux une expression (*avec ironie*) qu'on ne peut rendre, finit toujours par se faire aimer.

LA BARONNE, avec indifférence.

C'est précisément ce qui est arrivé.

LE COMTE, s'emportant.

De grâce, madame, daignez vous faire comprendre et veuillez me répondre.

LA BARONNE, avec calme.

Mais je ne fais que cela depuis une heure.

LE COMTE, se calmant.

D'après nos conventions, n'ai-je pas le droit d'exiger d'autres réponses.

LA BARONNE, finement.

Nos conventions ! ah! ah! ah! D'abord, quand on exige, on est un tyran, et...

LE COMTE, se montant.

Trêve d'esprit, madame ; je veux savoir...

LA BARONNE, étonnée.

Vous voulez ! (*Regardant la pendule.*) Vous avez raison, monsieur, vingt-quatre heures c'était trop.

LE COMTE.

Je vous préviens, madame ; que la moquerie m'irrite.

LA BARONNE, se levant.

Et moi, je déclare, monsieur, que l'exigence m'importune et que je ne m'y soumettrai jamais.

LE COMTE, se contenant.

Ainsi vous refusez de me dire quel est ce jeune homme.

LA BARONNE.

Vos questions font trop de chemin.

LE COMTE.

Adieu donc, madame la baronne.

LA BARONNE.

Adieu, monsieur le comte.

LE COMTE.

Je m'éloigne pour ne plus revenir.

LA BARONNE.

C'est bien ainsi que je l'entends.

LE COMTE, à part.

Une coquette qui me raille !

LA BARONNE, à part.

Un jaloux qui voudrait faire de moi une victime!

LE COMTE, s'emportant.

Vous aurez le loisir de recommencer vingt fois ce portrait pour chercher tout un poëme dans les yeux de l'original ?

LA BARONNE, avec dignité.

M. le comte oublie qu'il est chez moi?

LE COMTE.

Je me souviens, madame, que je dois en sortir pour n'y rentrer jamais!... Cela vous donnera le temps de faire une réponse à votre amie.

LA BARONNE.

Et je vous l'enverrai.

LE COMTE.

C'est convenu.

ENSEMBLE. AIR :

Quel affreux caractère,
C'est à n'y pas tenir !
Il s'en va,
Je m'en vais, je l'espère,
Pour ne plus revenir.

SCÈNE VIII.

LA BARONNE, seule, ensuite FRANCINE.

LA BARONNE.

Voisinage bien agréable! Je n'aurais jamais cru que les années pouvaient changer à ce point un caractère si doux, si confiant. Oh ! quelle que soit la cause qui m'a effacée de son souvenir, je la bénis!... J'ai besoin de distraction...de prendre l'air.... (Elle sonne.) (A Francine, qui entre.) Je veux sortir.

FRANCINE.

Madame ne voit donc pas le temps qu'il fait ?

LA BARONNE.

Que m'importe ?

FRANCINE.

Un orage affreux, le vent a déjà brisé plusieurs arbres du parc, le ciel est tout noir et la pluie tombe par torrents.

LA BARONNE.

Faites atteler.

FRANCINE, à part, en se retournant.

Très-bien ! (*Haut, en remontant.*) Ah ! j'oubliais !... M. Maurice est en bas, il demande si madame peut le recevoir.

LA BARONNE

Pas aujourd'hui, je ne suis pas en humeur de dessiner.

FRANCINE.

Ah ! tant pis ! Ce pauvre jeune homme est d'une tristesse.

LA BARONNE.

Qu'a-t-il ?

FRANCINE.

Il aurait voulu le dire à madame.

LA BARONNE.

Mais parlez donc ; ce n'est pas la peur d'une indiscrétion qui vous retient ordinairement.

FRANCINE.

Madame est bien bonne ! Voici ce que c'est : M. Maurice est amoureux d'une jeune fille de ce village.

LA BARONNE.

Je le sais.

FRANCINE.

Il doit l'épouser dans un mois et son congé expire dans quinze jours.

LA BARONNE.

Il veut une prolongation de congé ?... C'est bon ! Je dirigerai ma promenade vers la préfecture.

(*Elle fait un geste à Francine qui sort.*)

SCÈNE IX.

LA BARONNE, *seule.*

Ah ! je ne me doutais pas que ce portrait me vaudrait une semblable

querelle !... Mais il fallait qu'elle vînt... Qu'importe le prétexte ?...
Et, cependant, avant qu'il eût regardé ce maudit album, il y avait
dans ses yeux et dans sa voix une expression... Je croyais qu'il allait
me reconnaître... m'adorer... comme autrefois !... Si j'écrivais au
préfet... Allons ! travaillons à rendre service... (*Elle s'assied devant le
guéridon.*)

SCÈNE X.

LA BARONNE, FRANCINE, LE COMTE.

FRANCINE, annonçant.

M. le comte de Surville. (*Elle sort.*)

LA BARONNE, étonnée.

Encore ! encore chez moi, monsieur !

LE COMTE, lui remettant l'album.

Voici mon excuse. (*Avec ironie.*) Il y aurait de la cruauté à séparer
l'artiste de son œuvre.

LA BARONNE, marchant avec agitation et colère.

C'est une raison comme une autre... meilleure même qu'une autre.
Je comprends votre empressement à me le rapporter.

LE COMTE, continuant.

D'ailleurs, le ciel s'est mis de la partie. Il est impossible de mettre
en ce moment un honnête homme dehors... et, malgré ma précaution
de me placer sous un arbre, j'ai été inondé !

LA BARONNE.

Cela a calmé votre emportement ?

LE COMTE.

Tout à fait !... Oui ; je suis très-calme et décidé à l'être toujours.

LA BARONNE, à part.

Il s'amende. (*Haut.*) Alors les douches sont nécessaires à votre
santé.

LE COMTE.

Ne raillez pas, je vous prie... Parlons tranquillement. D'après le
refus que vous m'avez fait tantôt...

LA BARONNE.

Quel refus ?

LE COMTE.

Celui de prétendre à votre main. J'ai pensé qu'en ma qualité de

voisin de campagne nous ferions mieux, si toutefois cela vous conve-
nait, de nous en tenir à l'amitié.

LA BARONNE.

Une amitié de campagne... Soit. Cela me distraira. Mais je veux
dicter mes conditions.

Art. I. M. de Surville ne me questionnera plus.

Art. II. Il acceptera tout sans rien exiger.

Art. III. Il me laissera tout à fait libre. Oh ! je tiens à cela surtout.
Ces trois points une fois posés, nous essaierons volontiers d'être les
meilleurs amis du monde.

LE COMTE.

Vous avez énormément d'esprit, baronne.

LA BARONNE.

Vous n'en avez pas moins, monsieur. C'est donc convenu ; nous voilà
amis intimes ? Et comme entre amis on ne se gêne pas, je vous
quitte.

LE COMTE.

Mais, madame, il ne fait pas un temps de promenade.

LA BARONNE.

Il s'agit d'un service, d'une affaire qui ne souffre aucun retard.

LE COMTE.

Pour une personne bien chère, sans doute ?

LA BARONNE.

J'arrête votre question au nom de l'article I, discrétion absolue, —
c'est signé.

LE COMTE.

Et je fais honneur à ma signature ! Pourtant...

LA BARONNE.

Eh bien ! je vais chez le préfet pour solliciter. Êtes-vous content ?

LE COMTE.

Solliciter par un temps pareil !... Il faut que la cause soit bien dés-
espérée ou qu'elle vous tienne fort à cœur.

LA BARONNE.

Croire sur parole, article II.

LE COMTE.

Si votre assistance est réclamée au nom d'une affection plus ancienne que la mienne, je me résigne et je crois, madame.

LA BARONNE.

Alors, je vais écrire mon plaidoyer ?

LE COMTE.

Y pensez-vous?

LA BARONNE.

Vous préférez que j'y aille? à la bonne heure.

LE COMTE.

Pas davantage.

LA BARONNE.

Ah çà! expliquez-vous et tâchez d'être clair dans vos exigences. Que me permettez-vous, d'écrire ou de sortir?

LE COMTE.

Ni l'un ni l'autre.

LA BARONNE.

C'est trop fort! Vous déchirez le traité, vous me direz le pourquoi. Elle est jolie, votre amitié de campagne!... Mais c'est de la tyrannie, de l'autocratie, et je n'entends pas enchaîner ma liberté. (*Elle sonne.*)

LE COMTE.

Mais, madame, daignez m'écouter jusqu'à la fin.

LA BARONNE, s'impatientant.

Allez, monsieur, je vous écoute.

SCÈNE XI.

Les mêmes, FRANCINE.

FRANCINE.

Madame a sonné?

LA BARONNE, toujours en colère.

Mon châle et mon chapeau.

FRANCINE.

Si madame veut m'indiquer?

LA BARONNE, de même.

N'importe! Vous n'entendez donc pas?... Mon châle et mon chapeau, vous dis-je!

FRANCINE.

Très-bien, madame. (*A part.*) Ah! mon Dieu! C'est donc au tour de madame à être en colère. (*Elle sort.*)

LA BARONNE.

Voyons, monsieur.... j'y mets de la patience... Je vous écoute... parlez; que signifie ce retour d'hostilité?

LE COMTE.

Mes sentiments sont toujours les mêmes !

LA BARONNE.

Vous voulez m'empêcher de sortir.

LE COMTE.

J'ai réfléchi... j'avais tort... Seulement il est fâcheux que vous sortiez en voiture.

LA BARONNE.

Pourquoi cela ?

LE COMTE.

Je pense qu'en ce moment les douches seraient aussi nécessaires à votre santé.

LA BARONNE.

Ah ! monsieur plaisante... je n'aime pas la raillerie.

LE COMTE.

Et vous ne voulez pas entendre la raison.

(*La baronne se promène et sonne de nouveau.*)

Si vous m'aviez écouté jusqu'au bout, je vous aurais dit que, demander une faveur à un homme qui se vante de vous plaire, c'est l'autoriser à s'en vanter encore.

LA BARONNE.

Le préfet ? c'est impossible !

LE COMTE.

Je l'affirme. (*A part.*) En amour comme en diplomatie on a le droit de mentir. (*Haut.*) Il s'en est vanté devant moi !

LA BARONNE, piquée.

Le fat ! (*Avec bonté.*) Merci, monsieur le comte !

LE COMTE, s'incline.

(*A part.*) Comme le mensonge passe avec les femmes. On le dirait en pays de connaissance.

FRANCINE, rentrant et apportant le châle et le chapeau.

Le châle et le chapeau de madame. (*Elle étend le châle pour le mettre sur le dos de la baronne.*)

LA BARONNE.

C'est bien, mettez tout cela sur le canapé et laissez-nous.

FRANCINE.

La voiture de madame est prête.

LA BARONNE.

Qu'on attende. (*Avec impatience.*) Laissez-nous, vous dis-je.

FRANCINE, à part, en sortant

L'orage gronde toujours !

SCÈNE XII.

LE COMTE, LA BARONNE.

LE COMTE.

Je vois avec plaisir, madame, que vous êtes résolue à ne pas sortir.

LA BARONNE.

Je n'ai encore pris aucun parti.

LE COMTE.

Vous êtes au moins décidée à ne pas aller chez le préfet?

LA BARONNE.

Vous y tenez donc bien ?

LE COMTE.

Dans votre intérêt... Je me chargerai, si vous le permettez, de parler moi-même au préfet et d'obtenir ce que vous désirez si ardemment... Alors je vous devrai deux bonheurs à la fois : celui de vous être agréable et celui d'enlever un triomphe à l'amour-propre d'un homme qui ne croit vous aimer que parce qu'il voit tout le monde désireux de vous plaire.

LA BARONNE.

Vous croyez donc que les hommes ne s'attachent que par vanité, et que leur amour n'est que de l'amour-propre ?

LE COMTE.

Le plus souvent !... par bonheur !

LA BARONNE.

Par bonheur ! l'aveu est précieux.

LE COMTE, avec feu.

L'homme qui aime véritablement avec son cœur commence par être un sot et finit par être une dupe. Il y a si peu de femmes qui comprennent l'amour vrai !

LA BARONNE.

Auriez-vous été victime de la perfidie de notre sexe?

LE COMTE.

Pas moi... Mais l'un de mes amis... Un jeune homme qui a été le héros de la plus sotte aventure !...

LA BARONNE.

Votre ami était amoureux?

2

LE COMTE.

Comme un enfant ou comme un fou ; c'est tout dire. Il n'avait du reste que vingt-deux ans.

LA BARONNE, sérieuse.

Ah !

LE COMTE.

Il était comme moi officier de marine.

LA BARONNE.

Je m'intéresse à cette histoire , comme si c'était la vôtre.

LE COMTE.

A son entrée dans le monde le hasard lui fit rencontrer une femme jeune , qu'il trouvait belle, — on trouve toutes les femmes belles à vingt-deux ans ! — Malheureusement elle était mariée.

LA BARONNE, troublée.

Ah ! elle était mariée ?

LE COMTE.

Oh ! presque pas, — à un vieillard.

LA BARONNE.

Elle devait être bien à plaindre, car peut-être elle aussi aimait votre ami ?

LE COMTE

Mon ami avait appris de sa mère à regarder le mariage comme une chose sacrée, et pour ne pas céder à la passion qui l'entraînait vers cette femme, il la fuyait... Cependant il aurait donné sa vie pour un sourire.

LA BARONNE, à part.

C'est vrai !...

LE COMTE.

Ah ! tenez, madame, personne n'a plus vingt-deux ans ! Bientôt il oublia la raison , le devoir... Il se croyait aimé , il bravait tous les obstacles.

LA BARONNE, à part.

Pauvre Raoul !

LE COMTE.

C'était un beau rêve !... Le réveil ne se fit pas attendre !... L'insensé cherchait une femme aimante et dévouée , il a rencontré une coquette qui s'est moquée sans pitié de ses premières émotions, et qui a répondu à l'aveu de son amour par un éclat de rire...

LA BARONNE.

Un éclat de rire convulsif, — peut-être !

LE COMTE.

Je ne le crois pas... (*Se reprenant.*) C'est-à-dire... mon ami ne le croyait pas. (*A part.*) Elle s'est reconnue.

LA BARONNE.

C'est sans doute le seul moyen qu'elle trouva pour guérir votre ami d'un amour qui aurait imprimé une tache sur un nom respectable !

LE COMTE, à part.

Si c'était vrai !

LA BARONNE, avec amertume.

Mais les hommes ne se doutent de rien , ils ne veulent jamais savoir ce qu'il y a de dévouement et d'abnégation dans le cœur d'une femme.

LE COMTE.

Raoul ne comprenait que son amour.

LA BARONNE, s'oubliant.

Raoul ne m'aimait pas ! car il n'a pas su deviner...

LE COMTE, l'interrompant et jouant la surprise.

Raoul ne vous... ne vous aimait pas !... Quoi, madame, c'était donc vous ?

LA BARONNE.

Cette coquette que vous calomniez...

LE COMTE, l'interrompant.

Eh bien ?

LA BARONNE.

C'est moi !

AIR : DE L'AME EN PEINE.

Oui, j'ai caché sous un éclat de rire
  L'amour ardent qui dévorait mon cœur.
Ce que ma bouche alors aurait pu dire,
Devait trahir ma secrète douleur.
Ah ! si Raoul avait su me comprendre,
  Il aurait fui... pour revenir.
D'avoir souffert pour l'aimer, pour l'attendre,
  L'ingrat devait-il me punir.
Oui, j'ai souffert pour l'aimer, pour l'attendre,
  Et l'ingrat devait m'en punir ?

Il ne se trahit pas. Ah ! je veux le punir de tant d'indifférence. (*Haut.*) Si votre ami, — car vous l'avez dit, c'est votre ami ?

LE COMTE.

Intime, oui, madame.

LA BARONNE.

Eh bien, si Raoul, votre ami intime, existe encore...

LE COMTE, l'interrompant.

Certainement, madame, je le vois *même* assez souvent.

LA BARONNE.

Tant pis pour lui. (*A part.*) Quel cœur de rocher! (*Haut.*) Eh bien, je ne crains pas de vous dire, et je ne crains pas qu'il sache que devenue libre de ma main à la mort du baron de Langeais, ma première pensée fut de chercher Raoul et de rentrer en grâce auprès de lui... Mais, hélas!

LE COMTE.

Il voyageait pour vous oublier... Vous aimiez donc vraiment mon ami?

LA BARONNE, jouant l'embarras.

Monsieur, puis-je répondre?

LE COMTE.

Oh! à moi! un confident!

LA BARONNE.

A vous, oui... pas à lui, je n'oserais... (*Hésitant.*) J'avais cette faiblesse.

LE COMTE, à part.

Ravissant aveu! (*Haut.*) Mais la preuve?

LA BARONNE.

Pourquoi aurais-je résisté aux adorations dont j'étais l'objet, si un souvenir n'était venu se placer entre moi et ceux qui cherchaient à me plaire?

LE COMTE, embarrassé.

C'est que... ils ne vous plaisaient pas assez.

LA BARONNE, à part.

Il résiste encore. Cette preuve ne vous suffit pas, monsieur? Vous êtes un ami difficile. Eh bien, ce portrait que pour la première fois... (*Ouvrant un médaillon suspendu à son cou.*) j'expose à d'autres regards que les miens...

LE COMTE, regardant le portrait.

Que vois-je?

LA BARONNE.

Êtes-vous convaincu?

LE COMTE, aux pieds de la baronne.

Je ne puis plus me contraindre !

LA BARONNE.

Allons donc ! ce que c'est que de perdre une bonne habitude.

LE COMTE.

Je n'étais qu'un ingrat.

LA BARONNE.

Que faites-vous ? et votre ami ?

LE COMTE.

Raoul implore son pardon...

LA BARONNE, l'interrompant.

Raoul ? vous ?

LE COMTE.

Moi.

LA BARONNE, riant,

Ah ! ah ! ah ! je le savais ; mais devenu comte de Surville ?...

LE COMTE, l'interrompant.

Par la mort de mon frère aîné.

LA BARONNE, riant toujours.

Allons, relevez-vous.

LE COMTE, se relevant.

Vous m'aviez donc reconnu ?

LA BARONNE.

Depuis le bal du préfet, où vous n'étiez pas.

LE COMTE.

Et c'est pour cela que vous vous entouriez d'une foule d'adorateurs ? Un reste de coquetterie.

LA BARONNE.

Ou plutôt une ruse de guerre pour me rappeler à votre mémoire infidèle. Et d'ailleurs, vous-même n'avez pas su me reconnaître.

LE COMTE.

Oh ! pardon. Je vous aimais toujours !

LA BARONNE, d'un air de doute.

Toujours ?

LE COMTE.

Pourquoi le loup de mer serait-il venu sombrer dans ce lieu sauvage ? Et croyez-le désormais : si Raoul vous aimait, Surville vous adore.

LA BARONNE.

C'est moins !

LE COMTE.

C'est plus !

2.

LA BARONNE.

Bah ! trop ne serait même pas assez. (*Lui donnant la main.*) Raoul,
je vous pardonne.

LE COMTE.

Ne faites-vous que me pardonner ?

LA BARONNE.

C'est beaucoup pour le premier jour !

SCÈNE XIII.

Les mêmes, FRANCINE.

LA BARONNE.

Madame, M. Maurice m'envoie...

LA BARONNE, l'interrompant.

C'est vrai, pauvre garçon, je l'avais oublié !...

LE COMTE, curieux.

M. Maurice ?

LA BARONNE.

L'original du portrait !... mon frère de lait... Êtes-vous encore
jaloux ?

LE COMTE.

Avais-je tort ? un si joli garçon ! Mais je me corrigerai.

LA BARONNE.

Le beau mérite !... Je n'aimerai que vous.

LE COMTE, lui baisant la main.

Merci, merci !...

LA BARONNE.

Et Delphine qui attend une réponse ?

LE COMTE.

La meilleure, c'est l'envoi d'une lettre de faire part.

LA BARONNE.

Comme vous arrangez tout cela...

LE COMTE.

Il faut réparer le temps perdu !... Je n'ai plus vingt-deux ans.

FRANCINE, à part.

Allons, tout va pour le mieux. (*Regardant la croisée.*) C'est ici
comme au ciel, après l'orage le beau temps !

LA BARONNE.

VAUDEVILLE DE L'HÉRITIÈRE.

Malgré la plus douce promesse,
Le sort peut avoir ses rigueurs.
Ah! pour rassurer ma faiblesse
Devenez tous mes protecteurs,
Soutenez-moi, soyez mes protecteurs.

LE COMTE.

Si nous avons votre suffrage,
Là finiront les différends.

TOUS.

Messieurs, daignez après l'orage,
Ramener ici le beau temps,
Veuillez ramener le beau temps.

FIN.

68

www.ingramcontent.com/pod-product-compliance
Lightning Source LLC
Chambersburg PA
CBHW072301210626
46818CB00017B/1937